ROCH

ROGER

BASEBALL

LA PRINCESSE ADELINE

STE. JUSTINE, QUÉBEC

1947

DI MAGGIO

DENIS

HALL OF FAME

Le Plus Long Circuit

Texte: Roch Carrier

Illustrations: Sheldon Cohen

Livres Toundra

Dans toute l'histoire du base-ball, le plus long circuit a été frappé par une fille.

Cela est arrivé chez nous, en plein milieu de notre village. On jouait dans notre champ de marguerites. Elle est apparue:

«Je veux jouer.»

On a été plutôt surpris. Le base-ball n'était pas un jeu pour les filles. On n'avait jamais vu cette étrangère.

«Je m'appelle Adeline.»

On a fait semblant de ne pas l'avoir entendue.

Comme si elle avait été un garçon, comme si elle avait fait partie d'une équipe, elle a dit:

«C'est mon tour de frapper la balle.»

Elle a attrapé le bâton, elle a marché au marbre. Là, elle a attendu la balle, sans trembler des jambes, en menaçant des yeux le lanceur. La balle est arrivée juste au-dessus du marbre. Elle l'a relevée d'un vigoureux moulinet.

La balle s'est envolée. On aurait dit qu'elle tombait dans le ciel pour ne plus revenir, mais, après un moment, elle est réapparue au-dessus de l'arrêt-court. Elle a filé par-dessus les pommiers, elle a franchi la clôture, survolé les pommes de terre et dépassé la vache qui broutait de l'autre côté des cordes de bois.

Ensuite, la balle a semblé hésiter devant la fenêtre de la maison du sergent Bouton. Comme après un moment de réflexion, elle a décidé de foncer. Avec un fracas de bombe, le verre de la fenêtre a éclaté.

Le sergent Bouton est sorti. Il a lancé quelques salves de menaces, mais nous nous étions déjà enfuis.

Le sergent Bouton était un vieux soldat. Il marchait droit comme une épée. Il faisait des colères terribles quand on approchait de son terrain. Il agitait les poings dans les airs, il criait très fort. Le sergent Bouton nous faisait peur.

Adeline n'était pas de notre village; elle ne pouvait savoir combien terribles étaient les colères du vieux sergent, mais elle se sauvait, plus vite que nous tous, dans les marguerites.

«Dis-moi encore ton nom, lui ai-je demandé.

— Adeline. Je suis une magicienne. Venez ce soir au spectacle.»

Tout à coup, on a compris. Depuis une semaine, des affiches annonçaient le spectacle incroyable de Ratabaga le Grand et sa fille, la princesse Adeline.

On avait aussi tous entendu une voix puissante qui parlait par-dessus les toits, avec des bruits de friture comme à la radio:

«Venez voir, ce soir, le plus grand magicien du monde, Ratabaga le Grand et la princesse Adeline, venus d'Orient sur un tapis magique avec des secrets qui bouleversent la philosophie du monde.»

On avait tous vu parader cette fourgonnette toute bosselée, rapiécée comme une vieille chaussette. Aucun de nos parents n'aurait osé se faire voir dans un tel tacot. Heureusement, il était décoré de planètes, d'étoiles, de soleils, de demi-lunes. Des valises étaient empilées sur le toit.

Adeline avait frappé la balle si loin, dans la fenêtre du sergent Bouton, parce qu'elle était une magicienne. Peut-être une sorcière...

Nous fûmes les premiers à faire la queue devant le guichet de la salle paroissiale.

Nos deux équipes de base-ball étaient assises dans la deuxième rangée. Le rideau rouge bougeait. Adeline devait nous avoir aperçus.

Très tôt, la salle paroissiale fut remplie d'hommes en costumes foncés et de dames avec des chapeaux qui ressemblaient à des pots de fruits.

Aux trois coups, dans un nuage de fumée, est apparu Ratabaga le Grand, avec son turban et ses moustaches fines et pointues comme des aiguilles à tricoter.

Il a brandi un sabre long comme ça. Lentement, avec précaution, il se l'est enfoncé dans le ventre. Puis il s'est retourné. Retenant notre souffle, nous avons vu la lame sortir de son dos. Elle brillait dans la lumière. Nous avons applaudi très fort.

La lame encore plantée dans son ventre, Ratabaga a annoncé:

«Voici la princesse Adeline.»

Elle avait joué au base-ball avec nous. Elle était notre amie. Nous l'avons applaudie.

Sur la scène, Adeline n'était plus tout à fait pareille. Elle s'était dessiné des pommettes rouges aux joues. Ses yeux mêmes étaient différents: ils étaient bien plus grands. Elle portait une sorte de cafetan et un pantalon bouffant. Elle était couverte de paillettes.

Adeline a exhibé ses mains nues, à l'endroit, à l'envers. Comme si cela était naturel, elle cueillait devant elle, dans l'air, une rose par-ci, une rose par-là, et elle a offert son bouquet au curé, qui était assis dans la première rangée:

«C'est un miracle!» a-t-il déclaré.

La salle paroissiale fut secouée d'un ouragan d'applaudissements.

À la manière d'une vraie princesse, Adeline a fait une révérence. Puis, bien droite, elle a mis les mains derrière son dos. Durant quelque temps, on a cru qu'il ne se passait rien. Puis, on a remarqué une petite flamme sur ses lèvres. Comme une bulle. Comme un ballon rouge qu'elle aurait soufflé.

Le chef des pompiers volontaires a bondi:

«C'est interdit par la loi de jouer avec le feu dans un endroit public!»

Adeline a délicatement pris la bulle de feu dans sa main, et elle y a mordu comme dans une pomme.

C'était extraordinaire! Nos deux équipes applaudissaient notre amie Adeline plus fort que tout le reste de la salle.

Adeline était une grande magicienne. Nous comprenions pourquoi elle avait frappé la balle si loin, dans la fenêtre du sergent Bouton.

À ce moment-là, Ratabaga le Grand est revenu sur la scène. Il a ouvert le couvercle d'une grande malle en commandant:

«Adeline!»

Adeline s'est assise au fond de la malle, elle nous a salués de la main et a courbé la tête. Ratabaga le Grand a baissé le couvercle. Après avoir prononcé des mots magiques, il a rouvert la malle et l'a renversée sur le côté. Adeline avait disparu.

Après le spectacle, nous l'avons attendue devant le rideau fermé. Tout le monde avait quitté la salle, mais nous espérions revoir notre amie.

Derrière le rideau, quelqu'un s'agitait, déplaçait des objets. Mes amis s'impatientaient parce qu'Adeline ne revenait pas.

«Peut-être qu'Adeline ne sait pas qu'on l'attend, ai-je suggéré.

— Va lui dire.»

J'étais le plus timide de tous, mais c'était toujours à moi que l'on confiait les démarches difficiles. Mes amis sont restés devant l'escalier qui montait à la coulisse. Moi, j'ai poussé la porte. Ratabaga le Grand avait enlevé son turban. Il n'était pas plus grand qu'un petit homme.

«Est-ce que je pourrais voir Adeline?»

Ratabaga le Grand me regarda d'une manière qui me fit regretter d'avoir posé cette question.

«Adeline? Je l'ai fait disparaître. Tu n'as pas vu?»

Nous sommes repartis vers nos demeures. Il était tard; la nuit de juillet était claire, toute percée d'étoiles.

Je ne pouvais pas croire qu'Adeline était disparue. Nous avions de vieilles malles à la maison. Rien ne disparaissait de là. Au contraire. De vieilles choses y étaient conservées depuis cent ans. Au lieu de rentrer à la maison, je suis remonté vers la salle paroissiale.

J'avais décidé d'espionner la fourgonnette de Ratabaga le Grand. Je n'ai pas eu à attendre longtemps. Caché dans la haie de cèdres, j'ai aperçu la silhouette de Ratabaga qui transportait des caisses, des objets, des tables, des épées. Tout à coup, prudente comme un chat noir dans la nuit, Adeline s'éclipsa dans la fourgonnette.

Le lendemain, nos deux équipes de base-ball se sont retrouvées dans le champ de marguerites. Personne n'osait le dire, mais chacun attendait qu'Adeline revienne jouer avec nous. Je gardais pour moi le secret précieux qu'Adeline n'était pas vraiment disparue.

Cependant, nous n'avions plus de balle. Adeline l'avait fait disparaître par la fenêtre de la maison du sergent Bouton. Qui a été désigné, pensez-vous, pour aller récupérer la balle?

Les jambes molles, le cœur battant, j'ai sonné à la porte du sergent Bouton. Il m'a reçu avec ses yeux d'acier qui avaient fait trembler l'ennemi, à la guerre :

«Qu'est-ce que tu veux, chenapan?

— Je veux ma balle.»

Dans les yeux du sergent, il y avait assez de feu pour me faire fondre. J'étais pris. Je ne pouvais m'enfuir.

«Entre, mon ami», ai-je entendu.

Le sergent Bouton n'avait jamais appelé personne son «ami». Le sergent Bouton n'avait jamais invité personne à entrer chez lui. Sa maison avait une vieille odeur, de vieux meubles, de vieilles photographies aux murs.

«Tiens, prends ça et écoute-moi», dit le sergent Bouton. C'était un chocolat. Le sergent Bouton n'avait jamais offert de chocolat à personne. Il a mis sous mon nez la balle qu'il tenait cachée derrière son dos:

«Cette balle, qui a brisé ma fenêtre, a établi un record mondial... Quel âge as-tu?

— J'ai onze ans.

— Onze ans. Mon garçon, tu vas devenir le champion du monde. Tu vas dépasser Babe Ruth. Je vais m'occuper de ton entraînement. Tiens, reprends ta balle. Tu peux fracasser toutes les vitres de ma maison si tu le veux...»

Le vieux sergent souriait. Jamais personne n'avait vu sourire le sergent Bouton. J'étais embarrassé.

«Mon garçon, dit-il, j'espère vivre assez vieux pour t'écouter à la radio donner une raclée aux Yankees.»

Je ne pouvais plus lui cacher la vérité. Avec ma balle et mon chocolat, je me suis rapproché de la porte:

«Ce n'est pas moi qui ai frappé la balle», ai-je avoué.

Le sourire du sergent s'est effacé et son visage s'est durci.

«Ce n'est pas moi, c'est Adeline...

— Qui c'est, Adeline?

— Adeline, c'est une fille.

— Quoi? Une fille? C'est la fin du monde!»

J'ai déguerpi. J'étais déjà loin, mais j'entendais encore le sergent Bouton rugir:

«Chenapan! Bandit! Tes parents vont payer pour ma fenêtre!»

Cela est arrivé il y a longtemps. À ce qu'on me dit, le record d'Adeline n'a pas encore été battu.

À Raphael, en Californie, qui aimerait bien lire et
jouer au base-ball. Malheureusement, il n'a pas
encore un mois.   Roch Carrier

Sheldon Cohen dédie à la famille de sa jeunesse —
ses parents, Rachel et Kelly, et son frère, David — les
dessins de ce livre.

Publié au Canada par Livres Toundra, Montréal, Québec H3Z 2N2
Publié aux États-Unis par Tundra Books of Northern New York, Plattsburgh, N.Y. 12901

ISBN 0-88776-301-4 relié 10 9 8 7 6 5 4 3 2 1

ISBN 0-88776-313-8 broché 10 9 8 7 6 5 4 3 2 1 0

Fiche de la Library of Congress (Washington): 92-62363

Également offert en anglais, *The Longest Home Run*, traduit par Sheila Fischman
(ISBN 0-88776-300-6 relié, ISBN 0-88776-312-X broché), et en espagnol, *El jonrón más largo*
(ISBN 0-88776-304-9).

Données de catalogage avant publication (Canada)

Carrier, Roch, 1937-
        Le Plus Long Circuit

ISBN 0-88776-301-4

        I. Cohen, Sheldon, 1949- . II. Titre.

PS8505.A77R33 1993   jC843'.54   C92-090674-5
PZ23.C37P1 1993

Pour la compilation et l'édition du présent volume, Livres Toundra a puisé des fonds dans les
subventions globales que le Gouvernement du Québec et le Conseil des Arts du Canada lui ont
accordées pour l'année 1993.

Imprimé à Hong Kong par South China Printing Co. Ltd.

JEAN-GUY

JEAN-CLAUDE

JACQUES-À-GEORGES

MARCEL

FERNAND-À-GEORGES

LUC